GW01451807

SHERMAN
L'ascension. Wall Street

SCÉNARIO

Stephen Desberg

DESSIN

Griffo

COULEURS

Roberto Burgazzoli

SUPERVISION DES COULEURS

Griffo

TROISIÈME VAGUE LOMBARD

TROISIÈME VAGUE LOMBARD

ALPHA
Jigounov / Renard / Mythic

ALPHA PREMIÈRES ARMES
Loutte / Herzet

ALVIN NORGE
Lamquet

BLACKLINE
Del Vecchio / Loiselet / Queyssi

CAPRICORNE
Andreas

CH CONFIDENTIEL
Ceppi

DISTRICT 77
Denys / Dugand

I.R.$.
Vrancken / Desberg

I.R.$. - ALL WATCHER
Queireix / Desberg
Koller / Desberg
Mutti / Desberg
Bourgne / Desberg

JAMES HEALER
De Vita / Swolfs

NARCOS
Liotti / Herzet / Orville

NIKLOS KODA
Grenson / Dufaux

RAFALES
Vallès / Desberg

SHERMAN
Griffo / Desberg

SISCO
Legrain / Benec

VLAD
Griffo / Swolfs

MISS OCTOBRE
Queireix / Desberg

PEFC-Certifié

Ce livre est issu de
forêts gérées
durablement, de
sources recyclées et
contrôlées.

PEFC

PEFC/07-31-241   www.pefc.org

© GRIFFO / DESBERG / ÉDITIONS
DU LOMBARD (DARGAUD-LOMBARD s.a) 2012

Conception graphique des couvertures :
Eric Laurin en collaboration avec les auteurs.

Tous droits de reproduction, de traduction et
d'adaptation strictement réservés pour tous les pays.

D/2011/0086/68
ISBN 978-2-8036-2767-7

R 10/2012

Dépôt légal : janvier 2011
Imprimé en Belgique par PROOST

LES ÉDITIONS DU LOMBARD
7, AVENUE PAUL-HENRI SPAAK
1060 BRUXELLES - BELGIQUE

WWW.LELOMBARD.COM

ALLÔ ? C'EST L'HÔPITAL ?

BONJOUR, MONSIEUR SHERMAN. J'AI PEUR D'AVOIR DE MAUVAISES NOUVELLES POUR VOUS. VOUS ALLEZ TOUT PERDRE, MONSIEUR SHERMAN.

QUI... QUI ÊTES-VOUS ?

APRÈS VOTRE FILS, ON VA VOUS ARRACHER TOUTE VOTRE FORTUNE, MONSIEUR SHERMAN.

TOUT SE PAYE ICI-BAS. ET LE MOMENT EST VENU DE PAYER POUR CE QUE VOUS AVEZ FAIT, MONSIEUR SHERMAN !

ET QUAND ON VOUS AURA PRIS JUSQU'À VOTRE DERNIER DOLLAR, ON FINIRA EN TUANT VOTRE FILLE.

ÉCOUTEZ, SI C'EST UNE PLAISANTERIE...

PARDONNE-MOI, ROBERT. PARFOIS, JE SUIS STUPIDE.

MAIS JE VOUDRAIS TELLEMENT FAIRE DE TOI... UN BATTANT. UN GAGNANT ! TU SAIS, J'AI JURÉ À QUELQU'UN...

QUELQU'UN QUI COMPTAIT BEAUCOUP POUR MOI... QUE TU SERAIS LE PRÉSIDENT DE CE PAYS, UN JOUR !

S'IL N'Y ARRIVE PAS, MOI JE LE FERAI, PAPA. TU PEUX COMPTER SUR MOI !

EST-IL POSSIBLE QUE CE SOIT LA VOIX DE DAVID STERLING ?

MAC, JE NE SAIS PAS. J'AI PENSÉ QUE JE L'AVAIS DÉJÀ ENTENDUE QUELQUE PART... MAIS SURTOUT QU'ON ESSAYAIT DE LA DÉFORMER.

NOUS AVONS PLACÉ DES MICROS DANS LA PIÈCE À CÔTÉ. TU VAS NOUS ÉCOUTER ATTENTIVEMENT.

ROBERT EST MORT, JAY. ET TOI, ON A DÉJÀ TENTÉ DEUX FOIS DE TE TUER. IL FAUT ABSOLUMENT QUE NOUS TROUVIONS UNE PISTE, JAY ! LE PLUS VITE POSSIBLE !

JE N'AI PAS ENVIE DE RESTER, EVA. JE SUIS DÉSOLÉ. DAVID STERLING, C'EST TROP... TROP DE SOUVENIRS.

JAY, JE T'EN PRIE.

JE CONNAIS MES DROITS. ET J'AI D'EXCELLENTS AVOCATS. VOUS NE POUVEZ PAS ME GARDER AINSI. ON NE M'A MÊME PAS PRÉCISÉ POURQUOI J'ÉTAIS ICI DEPUIS TROIS HEURES !

ROBERT SHERMAN A ÉTÉ ABATTU IL Y A QUELQUES JOURS. SI NOS INFORMATIONS SONT EXACTES, VOUS AVEZ PUBLIQUEMENT PROFÉRÉ DES MENACES ENVERS LA FAMILLE SHERMAN.

AH ! D'ACCORD ! C'EST LUI. C'EST JAY SHERMAN QUI VOUS A PARLÉ DE ÇA ?

VOUS ET MONSIEUR SHERMAN VOUS CONNAISSEZ DEPUIS LONGTEMPS, N'EST-CE PAS, MONSIEUR STERLING ? VOUS N'ÉTIEZ PAS VRAIMENT DES AMIS, SI JE NE ME TROMPE ?

QU'EST-CE QUI VOUS PREND ? POURQUOI ÊTES-VOUS DANS CET ÉTAT-LÀ, JAY ? VOUS AVEZ RECONNU SA VOIX ?

JE N'EN SAIS RIEN ! JE NE SAIS PLUS OÙ J'EN SUIS. VOUS COMPRENEZ ÇA ?

MON FILS EST MORT. ET MOI, ON MENACE DE DÉTRUIRE TOUT CE QUE J'AI CONSTRUIT DURANT MA VIE ! ET VOUS VOUDRIEZ QUE JE RESTE LÀ, À ATTENDRE QUE LE FBI FASSE SES INTERROGATOIRES ?

ÉCOUTEZ, NOUS... NOUS AVONS BESOIN DE TEMPS POUR... POUR COMPRENDRE...

NON. MOI, JE N'ATTENDRAI PAS. JE VAIS ME DÉFENDRE !

DAVID STERLING EST RETENU COMME SUSPECT, À LA POLICE. C'EST LE MOMENT OÙ JAMAIS D'ALLER FOUILLER SA MAISON, ET D'EN AVOIR LE CŒUR NET !

JE... JE NE PEUX PAS VOUS LAISSER FAIRE ÇA, JAY. JE DOIS VOUS PROTÉGER. ON A DÉJÀ ESSAYÉ DE VOUS TIRER DESSUS.

ALORS VENEZ AVEC MOI !

ROBERT ET JEANNIE SE SONT ENDORMIS ?

TOUT S'EST BIEN PASSÉ AUJOURD'HUI, AU BUREAU ?

JE ME DEMANDE BIEN CE QUI POURRAIT MAL SE PASSER.

DEPUIS DES ANNÉES, JE SUIS TOUJOURS À LA MÊME PLACE. SANS DÉCISIONS À PRENDRE, SANS RESPONSABILITÉS.

JAY SHERMAN, JUNIOR PARTNER. À MON AVIS, AU RYTHME OÙ TON PÈRE PREND SES DÉCISIONS, DANS TRENTE ANS, JE SERAI LE PLUS VIEUX JUNIOR PARTNER DE TOUTE L'HISTOIRE DES BANQUES !

PAPA M'A DIT QUE LE VIEUX O'BRENDAN PART À LA RETRAITE DANS TROIS MOIS. IL Y A DES CHANCES QUE TU PUISSES AVOIR SA PLACE À LA DIRECTION FINANCIÈRE.

OUI. SI ELLE N'EST PAS DÉJÀ PROMISE AU MERVEILLEUX DAVID STERLING !

J'AI DÉJÀ VU DES MÉTHODES PLUS DISCRÈTES.

MC EVERETT L'A RETENU À LA POLICE POUR LA NUIT, NON ?

LANA, JE SUPPOSE ?

DAVID STERLING

CRACK

DIVORCÉ DEPUIS HUIT ANS, ET ENCORE À LA PLACE D'HONNEUR. ÇA, C'EST CE QU'ON APPELLE DE L'AMOUR !

10

8

DAVID STERLING EST UN HOMME MÉTICULEUX. AVEC LUI, CHAQUE CHOSE EST PARFAITEMENT RANGÉE. UN HOMME DE DOSSIERS...

À LA BANQUE, JADIS, IL AVAIT SES DOSSIERS SUR LES CLIENTS IMPORTANTS. MÊME SUR CEUX DES AUTRES.

ICI. IL Y EN A TOUTE UNE SÉRIE.

OUI. DANS CETTE ARMOIRE AUSSI.

DES NOMS JUIFS. QUELQUES GRANDES FAMILLES NEW-YORKAISES.

CE SONT SES CLIENTS ACTUELS.

AVEC TOUTES SES AFFAIRES EN COURS...

SHERMAN. JAY SHERMAN ! IL Y A UN DOSSIER À VOTRE NOM !

À MON NOM ?

ON DIRAIT QU'IL EST... VIDE !

QU'EST-CE QUE CELA SIGNIFIE ? DE QUOI S'AGIT-IL ? VOUS CONNAISSEZ CES DEUX HOMMES ?

NON. JE... JE N'EN SAIS RIEN. ÇA N'A PAS DE SENS !

11

L'UN PORTE UN UNIFORME... NAZI. L'AUTRE... D'APRÈS LA MODE, LA PHOTO DOIT DATER DES ANNÉES TRENTE.

VOUS NE RECONNAISSEZ AUCUN DE CES DEUX HOMMES ? MAIS POURQUOI STERLING AURAIT-IL RETENU ÇA ? SEULEMENT ÇA À VOTRE SUJET !

CETTE PHOTO A DÛ GLISSER D'UN AUTRE DOSSIER. CE N'EST PAS POSSIBLE AUTREMENT !

IL N'Y A RIEN D'AUTRE DANS LE DOSSIER.

MONSIEUR STERLING, ADMETTONS QUE VOUS NE SOYEZ POUR RIEN DANS L'ASSASSINAT DE ROBERT SHERMAN. VOUS SERIEZ POURTANT RAVI QU'IL ARRIVE MALHEUR À JAY SHERMAN, N'EST-CE PAS ?

J'AI MENACÉ JAY À PLUSIEURS REPRISES, C'EST VRAI. À UNE CERTAINE ÉPOQUE. MAINTENANT, JE M'EN MOQUE.

J'AI DÉJÀ RÉGLÉ... UNE PARTIE DE MES COMPTES AVEC LUI !

JE VOUS AI PARLÉ DE MON MARIAGE AVEC DONNA. DE MON ENTRÉE À LA BANQUE DE SON PÈRE.

AIDEZ-MOI À COMPRENDRE, JAY. QUE S'EST-IL VRAIMENT PASSÉ ENTRE DAVID STERLING ET VOUS ?

JE M'ÉTAIS MIS CETTE IDÉE IDIOTE EN TÊTE. CHAQUE FOIS QUE JE FAISAIS L'AMOUR AVEC ELLE, J'AVAIS L'IMPRESSION DE PÉNÉTRER DANS UNE BANQUE.

LA SÉCURITÉ ! APPELEZ LA SÉCURITÉ !

MESSIEURS !

JE T'AVAIS PRÉVENU, SHERMAN. TU N'ES RIEN POUR MOI. JE T'ÉCRASERAI !

LAISSEZ-MOI...

TU NE T'EN TIRERAS PAS COMME ÇA...

À TOI DE DÉCIDER. TU AS JUSQUE DEMAIN POUR T'ÉCARTER DE MON CHEMIN !

VOTRE COMPORTEMENT A ÉTÉ ABSOLUMENT INQUALIFIABLE, JAY ! DEVANT TOUS LES EMPLOYÉS DE LA BANQUE !

SI VOUS N'ÉTIEZ PAS LE MARI DE MA FILLE, VOUS SERIEZ EXCLU DE NOTRE ÉTABLISSEMENT SUR-LE-CHAMP.

SI VOUS N'ÉTIEZ PAS SON MARI, VOUS N'Y SERIEZ D'AILLEURS JAMAIS ENTRÉ !

STERLING, VOUS DEVIENDREZ ADJOINT À LA DIRECTION FINANCIÈRE APRÈS LE DÉPART DE MONSIEUR O'BRENDAN. VOUS REPRÉSENTIEZ DE TOUTE MANIÈRE LE CHOIX LE PLUS ÉVIDENT.

VOUS VEILLEREZ PERSONNELLEMENT À CE QUE MONSIEUR SHERMAN NOUS SOIT UTILE À QUELQUE CHOSE.

AVEC PLAISIR, MONSIEUR WALLACE. J'AI DÉJÀ EU L'OPPORTUNITÉ DE BIEN OBSERVER LA PERSONNALITÉ DE MONSIEUR SHERMAN !

IL FALLAIT POURTANT QUE JE COMPRENNE QUE MA SITUATION COMMENÇAIT SEULEMENT À SE DÉTÉRIORER.

J'AVAIS OSÉ VISER LA MÊME PLACE QUE DAVID STERLING ET PROVOQUÉ SON AMOUR-PROPRE. IL NE POUVAIT PAS LAISSER PASSER ÇA.

JAY, NOTRE ADJOINT À LA DIRECTION FINANCIÈRE M'A DEMANDÉ DE VÉRIFIER VOS COMPTES. CES PAPIERS SONT COMPLÈTEMENT ILLISIBLES. J'IMAGINE QUE CE NE SONT QUE DES BROUILLONS ?

AUCUNE DE CES OPÉRATIONS N'A DE SENS. VOUS NE SAVEZ MÊME PLUS CALCULER, JAY ?

JAY, VOUS TOMBEZ BIEN. POURRIEZ-VOUS ALLER LIVRER CETTE ENVELOPPE AU BUREAU BALDWYN ? C'EST URGENT.

NOUS N'AVONS PAS UN COURSIER POUR ÇA ?

NATURELLEMENT, MAIS SON TEMPS EST PRÉCIEUX. VOUS POUVEZ VOUS EN CHARGER ET PRENDRE LE RESTE DE L'APRÈS-MIDI, SI VOUS VOULEZ.

DAVID STERLING AVAIT CONSTITUÉ SA GARDE RAPPROCHÉE. SCOTT LELAND...

LEAR DONOVAN. SEAN VAN EVERA.

LE BUT ÉTAIT CLAIR. ANNONCÉ. SI JE NE TENTAIS RIEN, JE NE TARDERAIS PAS À ME FAIRE DÉFINITIVEMENT VIRER DE LA BANQUE. LA COURSE CONTRE LA MONTRE ÉTAIT ENGAGÉE !

JE N'AVAIS AUCUNE CHANCE CONTRE EUX. ILS S'ÉTAIENT CONNUS À L'UNIVERSITÉ DE YALE. ILS AVAIENT DES RELATIONS DANS TOUS LES CERCLES D'AFFAIRES.

DES AMIS À WALL STREET. DE LA FAMILLE À WASHINGTON. ILS ÉTAIENT TOUS PLUS BRILLANTS LES UNS QUE LES AUTRES. INTOUCHABLES !

ET MOI, JE N'ÉTAIS RIEN. UN FILS DE LA RUE. UN ARRIVISTE AVEC UNE BELLE PETITE GUEULE DE GIGOLO.

INTOUCHABLES... QUI POURRAIT DONC TOUCHER DAVID STERLING ?

À PART...

C'ÉTAIT UNE FOLIE, ÉVIDEMMENT. MAIS PLUS J'Y PENSAIS, PLUS JE VOYAIS LES HEURES QUE DAVID STERLING PASSAIT AU BUREAU SANS JAMAIS S'ARRÊTER DE TRAVAILLER...

... PLUS J'IMAGINAIS LES HEURES QUE PASSAIT SA FEMME, SEULE, À L'ATTENDRE !

COMMENT POUVAIT-ON FAIRE ATTENDRE UNE FEMME PAREILLE, QUAND ON AVAIT LA TÊTE DE STERLING ?

OUPS !

LA SUITE A ÉTÉ TROP FACILE. AU DÉBUT.

OH ! JE SUIS DÉSOLÉE... VRAIMENT...

MAIS NON, C'EST MOI.

C'EST ÉTRANGE. NE NOUS SOMMES-NOUS PAS DÉJÀ RENCONTRÉS QUELQUE PART ?

PARCE QUE JE ME FORÇAIS À NE PAS VOIR SA BEAUTÉ. JE NE PENSAIS QU'À L'HOMME QUI LA REJOIGNAIT DANS SON LIT, TARD LE SOIR !

SI C'ÉTAIT LE CAS, JE VOUS AURAIS DEMANDÉ EN MARIAGE DEPUIS LONGTEMPS.

ELLE NE M'AVAIT PAS RÉPONDU QU'ELLE ÉTAIT DÉJÀ MARIÉE. DONC, ÇA NE SE PRÉSENTAIT PAS TROP MAL. ET APRÈS UN MOIS, ELLE A ACCEPTÉ UN DÉJEUNER.

QUE FAITES-VOUS EXACTEMENT DANS LA VIE, ROMUALD ?

JE SUIS COMÉDIEN.

JE SUIS EN TRAIN DE VOUS JOUER LE RÔLE D'UN HOMME TRANQUILLE, DISTANT. ALORS QU'EN FAIT, JE SUIS ÉBLOUI PAR VOTRE BEAUTÉ, LANA. TELLEMENT QUE JE N'OSE MÊME PAS VOUS REGARDER DANS LES YEUX.

ET VOUS TROUVEZ PARFOIS DES CONTRATS POUR CE GENRE DE RÔLES ?

NON. J'ATTENDAIS DE DÉCOUVRIR LE BON SCÉNARIO. VOUS AIMEZ LE CINÉMA, LANA ?

VOS EXPLICATIONS NE TIENNENT PAS DEBOUT, STERLING. IL Y A QUELQUE CHOSE QUE JE NE SAISIS PAS.

ON NE VA PAS ENCORE TOUT RECOMMENCER ?

STERLING, D'APRÈS CE QUE VOUS ME DITES, VOUS AVIEZ LA SITUATION PARFAITEMENT EN MAIN. VOUS MONTIEZ AU SEIN DE LA BANQUE WALLACE. ET JAY SHERMAN ÉTAIT SUR LE POINT DE SE FAIRE VIRER.

IL ÉTAIT À LA MERCI DE VOTRE VOLONTÉ.

OUI. JUSQU'À CE QUE MA FEMME ME TRAHISSE.

16

18

IL FAUT QUE...
QUE JE TE DISE...
ROMUALD...

JE...
JE SUIS MARIÉE,
ROMUALD. JE NE
PEUX PAS T'AIMER...

IL NE POURRA
JAMAIS Y AVOIR
D'AUTRE FOIS !

VOTRE COMPAGNE... ELLE N'EST PAS
RESTÉE. ELLE VOUS A LAISSÉ
CETTE LETTRE.

« NOUS NE DEVONS PAS CONTI-
NUER À NOUS VOIR, ROMUALD. JE
TOMBE AMOUREUSE DE TOI. JE
PERDS LA TÊTE. JE T'EN PRIE,
OUBLIE-MOI. »

JE SUPPOSE QUE POUR EN FINIR, POUR HUMILIER
STERLING JUSQU'AU BOUT, IL FALLAIT QUE JE COUCHE
AVEC SA FEMME, DANS SON PROPRE LIT !

JE MOURAIS D'ENVIE DE TOUT RÉVÉLER À DAVID STERLING, POUR QUE MA VICTOIRE SOIT TOTALE. MAIS JE DEVAIS ALORS M'ATTENDRE À NE PLUS JAMAIS REVOIR LANA.
CHERS AMIS, EN CETTE ANNÉE QUI S'ACHÈVE, ET POUR LA SIXIÈME ANNÉE CONSÉCUTIVE, LA BANQUE WALLACE A VU CROÎTRE ENCORE SES BÉNÉFICES.
CES RÉSULTATS, NOUS LES DEVONS BIEN SÛR AUSSI À LA QUALITÉ DE VOTRE TRAVAIL À TOUS. JE TENAIS DONC, NON SEULEMENT, À FÊTER CE MOMENT AVEC VOUS, MAIS...
... À Y ASSOCIER CELLES QUI VOUS SOUTIENNENT AVEC TANT D'AMOUR ET DE PATIENCE. VOS CHARMANTES ÉPOUSES !
BRAVO !
QUELLE SURPRISE !
VRAIMENT, MONSIEUR WALLACE, C'EST UN DÉLICIEUX CADEAU DE NOËL !
EN FAIT, C'EST UNE IDÉE À MOI. PAPA ÉTAIT ENCHANTÉ. C'EST UNE SI BELLE OCCASION DE RENCONTRER LES GENS AVEC QUI TU TRAVAILLES !
VIENS, JE VAIS TE PRÉSENTER À TOUT LE MONDE.
19

LES FEMMES SONT SI BELLES, QUAND ON EST EN TRAIN DE LES PERDRE !

VOICI JAY SHERMAN, DONT JE T'AI SANS DOUTE PARLÉ L'UNE OU L'AUTRE FOIS. JAY A ÉPOUSÉ DONNA, LA FILLE DE NOTRE CHER PRÉSIDENT WALLACE.

ENCHANTÉE.

LANA, VOUS ÊTES ABSOLUMENT RAVISSANTE. IL FAUDRA QUE NOUS ALLIONS PRENDRE LE THÉ, UN JOUR, ENSEMBLE.

TU... TU NE T'APPELLES PAS ROMUALD. TU SAVAIS... DEPUIS LE DÉBUT... QUE J'ÉTAIS DÉJÀ MARIÉE !?

QU'EST-CE QUE CELA SIGNIFIE ? QUEL JEU M'AS-TU JOUÉ ?

PAS SI FORT, LANA. QUELQU'UN VA NOUS ENTENDRE. ON S'EXPLIQUERA À...

DIS-MOI LA VÉRITÉ. TU AS TOUJOURS SU QUE J'ÉTAIS LA FEMME DE DAVID ? TU... TU AS FAIT ÇA POUR... POUR RÉGLER DES COMPTES AVEC LUI ?

JE T'EN SUPPLIE, JURE-MOI QUE CE N'EST PAS ÇA !

MAIS NON ! COMMENT PEUX-TU PENSER À DES CHOSES PAREILLES ?

JE... JE T'AVAIS VUE UN JOUR, AU BUREAU. ET JE N'AI JAMAIS PU... T'OUBLIER !

20

22

JE NE SAVAIS PAS COMMENT TE LE DIRE. MOI AUSSI, LANA, J'AI PERDU LA TÊTE. JE SUIS TOMBÉ... FOLLEMENT AMOUREUX DE TOI !

JE T'EXPLIQUERAI TOUT... TOUT CE QUI S'EST PASSÉ. LUNDI, QUAND NOUS NOUS RETROUVERONS...

NON.

MÊME SI TU M'AIMES, TOUT CE TEMPS, TU M'AS MENTI. JE NE VEUX PLUS TE VOIR. JE NE PEUX PLUS.

TU AS COMPRIS ?

VOUS NE L'AVEZ VRAIMENT PLUS REVUE ? CELA A DÛ FAIRE MAL.

C'EST UNE MANIÈRE STUPIDE DE DÉCOUVRIR QUI EST LA FEMME DE VOTRE VIE.

JAY SHERMAN !

OW !

LANA M'A TOUT RACONTÉ, ESPÈCE D'ORDURE !

SI ÇA AVAIT ÉTÉ PLUS QU'UN ACCIDENT... PLUS QU'UNE FOIS...

JE T'AURAIS TUÉ !

MAIS JE TE PRÉVIENS, SHERMAN ! FINI DE JOUER. À PARTIR DE MAINTENANT...

C'EST TOI OU MOI !...

AHH!

AVEC PLAISIR, STERLING. TOI ET TA PETITE GARDE RAPPRO-CHÉE, VOUS NE ME FAITES PAS PEUR.

CROIS-MOI, MÊME À VOTRE PROPRE JEU, JE SAURAI ME DÉFENDRE !

JAY SHERMAN ? ON VOUS DEMANDE AU TÉLÉPHONE. AU FOND, À CÔTÉ DES TOILETTES !

QUOI ?

PERSONNE NE SAIT QUE NOUS SOMMES ICI !?

VOUS DEVEZ FAIRE ERREUR.

VOUS ÊTES BIEN JAY SHERMAN ? LE TYPE M'A DIT À QUELLE TABLE VOUS TROUVER.

ATTENDEZ. ON Y VA ENSEMBLE.

22

BONSOIR, MONSIEUR SHERMAN. VOUS AIMERIEZ SAVOIR QUI A FAIT TUER VOTRE FILS ?

VOUS VOULEZ QUE JE VOUS DISE QUI S'ATTAQUE À VOTRE FORTUNE ?

QUI ÊTES-VOUS ?

LA VISITE CHEZ DAVID STERLING ÉTAIT INTÉRESSANTE ? VOUS AVEZ TROUVÉ QUELQUE CHOSE DANS SES DOSSIERS ?

PAS VRAIMENT. LE DOSSIER ÉTAIT PRESQUE VIDE. VOUS ÉTIEZ DÉJÀ PASSÉ PAR LÀ, PEUT-ÊTRE ?

SI VOUS DÉSIREZ EN APPRENDRE PLUS, MONSIEUR SHERMAN, VENEZ DANS UNE HEURE. SUR LA 25ᵉ RUE, EAST SIDE.

LES BUREAUX DE LA CARLING TEC., UNE DES SOCIÉTÉS DONT VOUS ÊTES LE PRINCIPAL ACTIONNAIRE, SI JE NE ME TROMPE. JE VOUS Y ATTENDRAI.

JAY SHERMAN AVAIT EU UNE AVENTURE AVEC VOTRE FEMME, VOUS VOUS ÊTES DÉFENDU. ÇA SE COMPREND. MAIS C'EST BIEN PLUS TARD QUE VOUS L'AVEZ MENACÉ DE MORT. IL S'EST PASSÉ AUTRE CHOSE.

OUI. QUAND J'AVAIS VOULU MENER UNE ENQUÊTE SUR SHERMAN, J'ÉTAIS PASSÉ PAR UN DÉTECTIVE PRIVÉ. C'EST LUI QUI M'AVAIT AMENÉ TOUTES CES INFORMATIONS SUR SON PÈRE ET SUR SON ADOLESCENCE.

C'ÉTAIT QUI, LE DÉTECTIVE ?

UN JEUNE TYPE, ITALO. FLIDI... OU ALFIDI. JE NE SAIS PLUS.

C'EST LÀ QUE J'AI COMMIS UNE PETITE ERREUR.

JE VOUS ÉCOUTE.

ALFIDI AVAIT DÉCOUVERT QUE JAY AVAIT TRAVAILLÉ À UNE ÉPOQUE POUR LES FRÈRES DOLE, ET QUE ÇA S'ÉTAIT MAL TERMINÉ.

LES FRÈRES DOLE CONTRÔLAIENT UNE BONNE PARTIE DES TRAFICS À MANHATTAN. J'AI PENSÉ QUE CE SERAIT... BIEN.... DE RAPPELER JAY SHERMAN À SON PASSÉ !

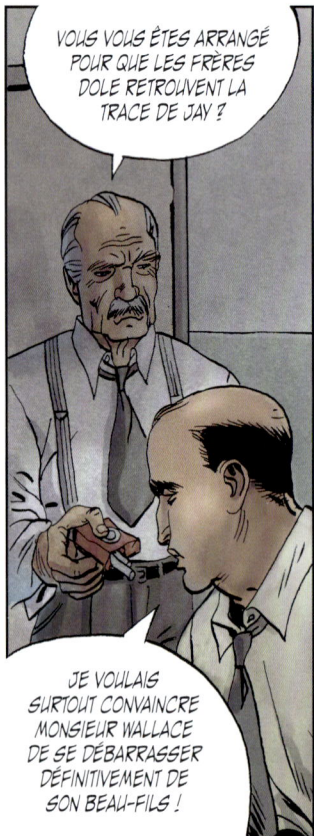

VOUS VOUS ÊTES ARRANGÉ POUR QUE LES FRÈRES DOLE RETROUVENT LA TRACE DE JAY ?

VOUS ÊTES DÉJÀ VENU ICI ?

NON. CE N'EST QU'UNE SOCIÉTÉ QUI ME RAPPORTE DE L'ARGENT. JE N'AI AUCUN LIEN DIRECT AVEC EUX.

ALORS C'EST UN PIÈGE. ILS ONT JURÉ DE DÉTRUIRE TOUT CE QUI VOUS APPARTIENT !

JE VOULAIS SURTOUT CONVAINCRE MONSIEUR WALLACE DE SE DÉBARRASSER DÉFINITIVEMENT DE SON BEAU-FILS !

À L'ÉPOQUE DE LA PROHIBITION, IL Y AVAIT DES BOÎTES PARTOUT, À L'ARRIÈRE D'IMMEUBLES COMME CELUI-CI.

24

26

JAY....

JE SAIS. C'EST PLUS QUE RISQUÉ. MAIS S'IL Y A UNE CHANCE INFIME DE DÉCOUVRIR QUOI QUE CE SOIT...

VOYONS SI JE PEUX VOUS AIDER, MONSIEUR SHERMAN. QUE VOULEZ-VOUS SAVOIR ?

QUI ÊTES-VOUS ? JE NE SUIS PAS SÛR DE VOTRE VOIX... EST-CE VOUS QUI... M'AVEZ APPELÉ LA PREMIÈRE FOIS ?

QUE VOUS A-T-ON PRÉDIT, MONSIEUR SHERMAN ? QUE VOTRE FILS ALLAIT MOURIR.

C'EST ARRIVÉ. ON NE PEUT PLUS REVENIR LÀ-DESSUS.

LE RESTE EST BIEN MYSTÉRIEUX, VOUS NE TROUVEZ PAS ?

COMMENT POURRAIT-ON DÉTRUIRE TOUT CE QUE VOUS AVEZ CONSTRUIT, ALORS QUE LA PLUS GRANDE PARTIE DE VOTRE FORTUNE EST BIEN CACHÉE ?

ET ON EN FINIRAIT EN TUANT VOTRE FILLE, MONSIEUR SHERMAN ? MAIS VOUS N'AVEZ PAS DE FILLE !

QUE VOULEZ-VOUS ? DE L'ARGENT ?

J'AI REÇU DES INSTRUCTIONS, À VOTRE SUJET. BRISER VOTRE RÉSISTANCE, MONSIEUR SHERMAN. VOUS METTRE À GENOUX.

VOUS ESPÉREZ ENCORE POUVOIR VOUS EN SORTIR ! IL FAUT QUE VOUS SOYEZ SEUL. TOUT SEUL !

POURQUOI CE RENDEZ-VOUS ? CE QU'IL M'A DIT N'AVAIT PAS DE SENS.

ET POURTANT, IL DOIT Y EN AVOIR UN !

ON A FAILLI Y PASSER, JAY. JE NE SAIS PAS SI VOUS RÉALISEZ...

JEANNIE. IL A PRÉTENDU QUE JE N'AVAIS PAS DE FILLE ! POURQUOI... ?

EVA ? OÙ ÊTES-VOUS ?

À L'APPARTEMENT K. AVEC JAY SHERMAN. NOUS AVONS EU... QUELQUES SOUCIS.

JEANNIE.

VOUS AVEZ TRÈS PEU PARLÉ D'ELLE JUSQU'À PRÉSENT. VOUS L'AVEZ AVERTIE DU DANGER ? VOUS CROYEZ QU'ELLE EST EN LIEU SÛR ?

JEANNIE A TOUJOURS ÉTÉ LA MEILLEURE. LE PAUVRE ROBERT NE POUVAIT PAS LUTTER, AVEC ELLE !

ROBERT ÉTAIT UN GARÇON REMARQUABLEMENT INTELLIGENT. MAIS JE NE CESSAIS DE METTRE LA BARRE UN PEU HAUT. À LA HAUTEUR DE MA PROMESSE !

JE SUIS DÉSOLÉ, PAPA. JE NE LE FAIS PAS EXPRÈS, JE NE ME SENS VRAIMENT PAS BIEN.

AU LIEU DE SE RÉVOLTER, IL COMMENÇAIT À ÊTRE VICTIME DE PETITES CRISES ET DE MALAISES NERVEUX, QUI AMPLIFIÈRENT AVEC LE TEMPS.

PEUT-ÊTRE QUE ÇA IRA MIEUX CET APRÈS-MIDI, PAPA. JE NE VOUDRAIS PAS TE DÉCEVOIR.

PARFOIS, MONSIEUR SHERMAN, LE POIDS QUE NOUS PLAÇONS SUR LES ÉPAULES DE NOS ENFANTS FINIT PAR LES ÉCRASER.

NE T'EN FAIS PAS, PAPA. C'EST MOI QUI REMPLACERAI ROBERT AU MATCH DE CET APRÈS-MIDI. L'ENTRAÎNEUR A DIT QU'ON ME FERAIT PASSER POUR UN GARÇON !

TU VIENDRAS AU TERRAIN, HEIN, PAPA ? TU ME PROMETS QUE TU VIENDRAS ?

ON PROMET TANT DE CHOSES DANS UNE VIE. À TANT DE GENS. APRÈS, C'EST SOUVENT LE HASARD QUI DÉCIDE.

29

MADAME, ÊTES-VOUS DÉCIDÉE ?
OU JE FAIS PASSER MONSIEUR
AVANT VOUS ?

PARDON. BIEN SÛR,
ALLEZ-Y, JE...

C'EST QUAND ON CROIT AVOIR OUBLIÉ
QUE ÇA FAIT LE PLUS MAL.

C'EST QUAND ON CROIT QU'ON VA
AVOIR MAL QUE LE BONHEUR EST
LE PLUS INTENSE.

C'ÉTAIENT LES ANNÉES DE LA PROHIBITION.
LES ANNÉES DES FRUITS DÉFENDUS, DE
TOUTES LES INTERDICTIONS.

LES ANNÉES
CACHÉES.
LES JOURS
HEUREUX.

LES JOURS
OÙ J'ÉTAIS
AVEC ELLE.

30

HÉ ! JAY ! TU N'AS PAS CHANGÉ, DEPUIS TOUTES CES ANNÉES. TU TE SOUVIENS COMME TU ÉTAIS PARTI EN COUP DE VENT ? ON A EU DU MAL À TE RETROUVER, TU SAIS.

V... VOUS ?!

CES MESSIEURS VOUDRAIENT OUVRIR UNE LIGNE DE CRÉDIT À LA BANQUE, ET QUE TU T'EN OCCUPES PERSONNEL-LEMENT.

LAISSE-NOUS, DONNA.

TA PETITE DAME A PARFAI-TEMENT RÉSUMÉ, JAY. ON A DES INSTRUCTIONS POUR TOI, DE LA PART DES FRÈRES DOLE.

TU LEUR AS BEAUCOUP MANQUÉ, ALORS...

ILS VEULENT RATTRAPER LE TEMPS PERDU, MAINTENANT.

ON DIRAIT QUE TU AS BIEN RÉUSSI, AVEC LA PETITE DAME ET SON PÈRE WALLACE ! TU VAS OUVRIR UN COMPTE À TA PUTAIN DE BANQUE. UN CRÉDIT AU NOM DES FRÈRES DOLE.

SI TU NE VEUX PAS QU'ON PARLE DU PASSÉ À TA NOUVELLE FAMILLE, T'Y METTRAS L'ARGENT QUE LES DOLE TE DIRONT, QUAND ON TE LE DIRA !

UHG !

JE CROIS QU'IL A COMPRIS. HEIN QUE TU AS COMPRIS, JAY ? ÇA A ÉTÉ UN PLAISIR DE TE REVOIR !

32

34

EVA ?

EVA, QUE SE PASSE-T-IL ?

NE... NE FAITES PAS ATTENTION À MOI. JE REVIENS, JAY. JE REVIENS TOUT DE SUITE !

JE SUIS DÉSOLÉE, JAY. TOUT ÇA, C'EST... C'EST TROP. TROP POUR MOI !

D'ABORD, J'ÉTAIS EN COLÈRE. FU-RIEUSE SUR VOUS.

PARCE QUE VOUS AVEZ TIRÉ... PARCE QUE C'ÉTAIT DE LA FOLIE. JE N'AVAIS PAS LE TEMPS DE ME DÉGAGER. VOUS AURIEZ PU TOUT AUSSI BIEN ME TUER, MOI !

ET PUIS J'AI PENSÉ QUE... QUE CE TYPE ME TIRAIT DEHORS. QUE S'IL M'EMMENAIT, C'ÉTAIT CERTAINEMENT... POUR M'ABATTRE.

SI VOUS N'AVIEZ PAS PRIS CE RISQUE COMPLÈTEMENT FOU, JE... JE NE SERAIS PLUS EN VIE !

VOUS AVEZ BESOIN DE DORMIR UN PEU, EVA. RENTREZ CHEZ VOUS. REPOSEZ-VOUS.

JE NE PEUX PAS.

JE DOIS RESTER AVEC VOUS.

JE SUIS EN SÉCURITÉ, ICI. PERSONNE NE NOUS A SUIVIS, ET... VOUS AVEZ VU QUE... JE SUIS ENCORE CAPABLE DE ME DÉFENDRE.

MONSIEUR MC EVERETT M'A DONNÉ L'ORDRE DE RESTER À VOS CÔTÉS. ET JE...

ON DIRAIT QUE C'EST PLUTÔT MOI QUI... AI BESOIN D'ÊTRE PROTÉGÉE !

OUI, DANS LA VIE, IL Y A TOU-JOURS UN MOMENT OÙ ON A BESOIN DE LA PROTECTION DE QUELQU'UN.

JE SUIS HEUREUX DE TE REVOIR, JAY. REGARDE-TOI ! QUEL COSTUME !

JE N'AURAIS PAS CRU ÇA, LA PREMIÈRE FOIS QU'ON S'EST REN-CONTRÉS !

J'AI UN GROS PROBLÈME, MC. LES FRÈRES DOLE...

... ONT RETROUVÉ MA TRACE. J'AI UN BEAU TRAVAIL, HAUT PLACÉ DANS UNE BAN-QUE. SI ON COMMENCE À RACONTER DES HISTOI-RES SUR MON PASSÉ...

J'AI BESOIN DE TON AIDE, MC.

RIEN NE POURRAIT ME FAIRE PLUS PLAISIR, JAY. MAIS LES DOLE SONT DEVENUS PUISSANTS AUJOURD'HUI. ILS CONTRÔLENT UNE BONNE PARTIE DE LA CONTREBANDE D'ALCOOL SUR LE BAS DE MANHATTAN.

ET AVEC LEUR ARGENT, ILS N'ARROSENT PAS QUE LEURS CLIENTS. JE NE SUIS PAS ASSEZ IMPORTANT POUR POUVOIR LUTTER. ON N'A MÊME PAS ESSAYÉ DE ME CORROMPRE.

C'EST TE DIRE SI ON A PEUR DE MOI !

T'AS L'ARGENT ?

ÇA NE MARCHE PAS COMME ÇA. J'EN DISCUTERAI D'ABORD AVEC LES DOLE. DITES-LEUR QUE JE VEUX LES RENCONTRER.

ÇA TOMBE BIEN. ON M'A RACONTÉ QUE TU ÉTAIS DEVENU UN GARS DE LA HAUTE, JAY. FIGURE-TOI QUE JE VOULAIS VOIR ÇA PAR MOI-MÊME.

F.... FRANK !

TU ÉTAIS PARTI EN COUP DE VENT, JAY. ET C'EST BIEN COMME ÇA. MAINTENANT, TU AS LA CLASSE, TU VAS POUVOIR ME PAYER AVEC DES CHÈQUES !

TOUS LES MOIS. À COMMENCER PAR TOUT DE SUITE ! TOUT SE PAYE ICI-BAS, JAY. ON NE TE L'AVAIT JAMAIS DIT ?

MONSIEUR ?

J'AVAIS RENDEZ-VOUS AVEC LUI. EN FAIT, JE L'ATTENDS DEPUIS DEUX HEURES. ET JE PENSAIS, EN VOUS VOYANT ARRIVER...

VOUS ÊTES MONSIEUR DAVID STERLING ?

PAS DU TOUT.

MON NOM EST KARL JURGEN. JE SUIS ALLEMAND. ET J'AI UN EXCELLENT DOSSIER À PRÉSENTER À LA BANQUE WALLACE !

JE N'EN DOUTE PAS, MONSIEUR JURGEN. JE VOUS SOUHAITE BONNE CHANCE.

NON, C'EST VOUS MA CHANCE. JE RENTRE EN EUROPE DANS TROIS JOURS. LAISSEZ-MOI AU MOINS VOUS EXPLIQUER MON AFFAIRE.

JE VOUS INVITE CE SOIR AU RESTAURANT DE MON HÔTEL. VOUS NE SEREZ PAS DÉÇU PAR MA PROPOSITION, VOUS VERREZ.

JE REGRETTE. J'AI DÉJÀ UN RENDEZ-VOUS.

JE VOULAIS VENIR VOUS VOIR, EVA, MAIS L'INTERROGATOIRE DE DAVID STERLING, ICI, SE PROLONGE PLUS QUE PRÉVU. PASSEZ-MOI JAY.

LE STUDIO OÙ VOUS ÊTES APPARTIENT AU FBI. VOUS Y SEREZ EN SÉCURITÉ POUR CETTE NUIT, EVA ET TOI, JAY.

STERLING EST EN TRAIN DE NOUS LÂCHER DES CHOSES. ON VA TE SORTIR DE LÀ.

FAIS VITE, MC. J'AI PEUR POUR...

JE SAIS.

JE NE PEUX PAS VENIR CE SOIR. DAVID EST RENTRÉ PLUS TÔT DU BUREAU. JE T'EXPLIQUERAI.

LANA...

JE T'AIME COMME UN FOU.

JE SAIS. JE TE RAPPELLE.

C'EST PEUT-ÊTRE DIFFICILE À CROIRE DE CE CÔTÉ DE L'ATLANTIQUE, MONSIEUR SHERMAN. MAIS L'ALLEMAGNE EST EN PLEIN BOOM ÉCONOMIQUE !

37

AVEC DES MILLIONS DE CHÔMEURS, QU'EST-CE QUI PEUT FAIRE BOOM EN ALLEMAGNE, MONSIEUR JURGEN, À PART DES EXPLOSIFS ?

HA, HA, HA ! EXCELLENT. VOUS Y ÊTES PRESQUE. LA CHIMIE. L'INDUSTRIE CHIMIQUE, PLUS EXACTEMENT !

NOUS RÉALISONS LA FUSION DE PLUSIEURS SOCIÉTÉS AFIN DE CONSTITUER UN GROUPE DOMINANT. AG KARSTEN. TOUT SIMPLEMENT PARCE QU'ENSEMBLE NOUS SERONS ARMÉS POUR UN PROJET EXCEPTIONNEL.

NOUS AVONS DÉJÀ RÉUSSI UNE BATTERIE DE TESTS EN LABORATOIRE QUI NE DEMANDENT PLUS QU'À ÊTRE TRANSPOSÉS AU NIVEAU INDUSTRIEL. QUAND CE SERA LE CAS, NOUS AURONS ENTRE LES MAINS UN INCROYABLE POTENTIEL COMMERCIAL !

LE PÉTROLE NE SERA PAS ÉTERNEL. EN TOUT CAS, IL NE SERA PAS TOUJOURS DANS DES RÉGIONS AMICALES OU ACCESSIBLES. SI NOUS PARVENONS À PRODUIRE DES COMBUSTIBLES ET DU CAOUTCHOUC SYNTHÉTIQUES...

... CELA SIGNIFIERA L'INDÉPENDANCE ÉNERGÉTIQUE !

ET VOUS Y ÊTES DÉJÀ ARRIVÉS EN LABORATOIRE ?

NON. CETTE IDÉE EST FARFELUE. LES ALLEMANDS SONT BONS POUR FABRIQUER DES PILULES ET DES MÉDICAMENTS. ON PEUT TOUJOURS ACHETER LEURS FORMULES. MAIS PAS DES CARBURANTS !

MAIS MONSIEUR...

JE NE METTRAI PAS UN DOLLAR LÀ-DEDANS. ÇA SUFFIT, SHERMAN !

ENCORE ET TOUJOURS DES TESTS EN LABORATOIRE. CE SONT LES CINQUIÈMES DEPUIS LE PRINTEMPS ! TOUS LES CRÉDITS QUE JE VOUS ENVOIE PASSENT LÀ-DEDANS, JURGEN !

J'AI BESOIN DE RÉSULTATS INDUSTRIELS, LE PLUS VITE POSSIBLE !

TOUT DÉPENDAIT DÉSORMAIS DE LA RÉUSSITE D'UNE CHAÎNE DE MONTAGE, EN USINE, QUI PERMETTRAIT DE REPRODUIRE, AU MOINS POUR LE CAOUTCHOUC SYNTHÉTIQUE, LES RÉSULTATS DES LABORATOIRES.

AVEC CELA, NOUS POUVIONS COMMENCER À FABRIQUER DES PNEUS, DES PIÈCES DE RECHANGE. METTRE EN PLACE UNE STRATÉGIE COMMERCIALE.

DU MOINS, C'ÉTAIT AINSI QUE JURGEN VOYAIT LES CHOSES.

PRENDS GARDE, JAY. SCOTT LELAND ÉTAIT À LA MAISON L'AUTRE SOIR. JE LES AI ENTENDUS PARLER DE TOI.

J'AI L'IMPRESSION QU'ILS PRÉPARENT QUELQUE CHOSE CONTRE TOI.

PARFAIT. QU'ILS ME LAISSENT ENCORE UN PEU DE TEMPS...

JE PARS AVEC DAVID QUELQUES JOURS, DANS SA FAMILLE. TOUT À L'HEURE.

IL A FAIT RÉALISER UN PORTRAIT DE MOI, QUI TRÔNE AU-DESSUS DE LA CHEMINÉE, EN PARFAITE ÉPOUSE BIEN FIDÈLE. IL N'ARRÊTE PAS DE ME FAIRE DES PETITS CADEAUX. ET MAINTENANT CE VOYAGE.

CHEZ SES PARENTS ?

JAY... JE SUIS ENCEINTE.

QUOI ?! MAIS... DE... DE QUI ?

JE N'EN SAIS RIEN !

CE... CE VOYAGE VA PEUT-ÊTRE... ME FAIRE DU BIEN. J'AI BESOIN DE... RÉFLÉCHIR.

ON EN REPARLERA. JE T'APPELLERAI QUAND JE RENTRERAI.

BIEN. TU DEVIENS DE PLUS EN PLUS PONCTUEL, JAY. SI ÇA CONTINUE, ON POURRA ENVISAGER DE REMONTER DES AFFAIRES ENSEMBLE.

OUAIS ! SI ON DÉCIDE DE CAMBRIOLER LE RESTE DE TA BANQUE !

À TA SANTÉ, JAY ! AVEC LES INTÉRÊTS AJOUTÉS !

HA, HA, HA !

DÈS QUE JURGEN AURA RÉUSSI, DÈS QUE J'AURAI DES BÉNÉFICES, J'Y METTRAI LE PRIX. À DIX MILLE DOLLARS, IL Y AURA BIEN QUELQU'UN PRÊT À TÉMOIGNER CONTRE VOUS !

DANS LE BUREAU À CÔTÉ, DAVID STERLING NOUS A RACONTÉ QU'IL VOUS AVAIT AIDÉ À RETROUVER JAY SHERMAN. ET QU'À PARTIR DE 1926, VOUS AVIEZ COMMENCÉ À LUI SOUTIRER DES SOMMES IMPORTANTES.

ON APPELLE ÇA DU CHANTAGE, DOLE, JE CROIS.

JE N'EN AI PAS LE MOINDRE SOUVENIR.

VOUS AVEZ TOUS LES DEUX D'EXCELLENTS MOBILES. PEUT-ÊTRE MÊME AVEZ-VOUS MONTÉ ENSEMBLE CETTE AFFAIRE CONTRE SHERMAN. CE FLIDI... ALFIDI...

CE DÉTECTIVE QUI VOUS A PRÉSENTÉS, À L'ÉPOQUE. QU'EST-CE QU'IL EST DEVENU ?

PAS PLUS DE SOUVENIR.

JE VOUS AI DÉJÀ DIT QU'IL N'Y AVAIT PAS QUE MOI. OU STERLING. POURQUOI N'INTERROGEZ-VOUS PAS LES JURGEN ? ILS EN ONT ENCORE BIEN PLUS QUE NOUS SUR SHERMAN !

DANS SA DERNIÈRE LETTRE, JURGEN M'AVAIT DEMANDÉ UN ULTIME DÉLAI DE QUINZE JOURS POUR L'ESSAI EN USINE. ET UN MATIN...

PAS DE COURRIER D'ALLEMAGNE POUR MOI ?

MONSIEUR SHERMAN. JE VOUS PRIE DE NOUS SUIVRE IMMÉDIATEMENT. MONSIEUR WALLACE VOUS ATTEND !

EH?

44

JE NE TROUVE PAS DE MOTS, MONSIEUR SHERMAN. VOUS VOUS RENDEZ COMPTE DE CE QUE VOUS AVEZ FAIT ? DU VOL ! VOUS AVEZ VOLÉ NOTRE PROPRE BANQUE !

CET ARGENT A ÉTÉ INVESTI, MONSIEUR...

NON ! JE VOUS AVAIS SPÉCIFIQUEMENT INTERDIT DE POUSSER LE MOINDRE CONTACT AVEC CES ALLEMANDS !

VOUS M'AVEZ OUVERTEMENT DÉSOBÉI !

PARCE QUE J'AI JUGÉ QUE C'ÉTAIT UNE OPPORTUNITÉ UNIQUE. DEPUIS QUE JE SUIS ENTRÉ ICI, JAMAIS ON N'A DAIGNÉ SUIVRE LA MOINDRE DE MES IDÉES...

MONSIEUR SHERMAN, VOUS ÊTES ENTRÉ DANS MA BANQUE SUITE AUX SUPPLICATIONS DE MA FILLE DONT VOUS ÉTIEZ DEVENU LE MARI.

VOUS N'AVEZ PAS LA MOINDRE COMPÉTENCE, LA MOINDRE INTELLIGENCE DANS LES AFFAIRES. SOIT !

MAIS JE NE TOLÉRERAI JAMAIS QUE MON AUTORITÉ...

DANS QUELQUES JOURS, LES ALLEMANDS AURONT MIS LEUR TECHNIQUE AU POINT.

VOUS NE SAVEZ MÊME PAS CE QUE PEUT REPRÉSENTER DU CAOUTCHOUC SYNTHÉTIQUE ! J'AI NÉGOCIÉ PERSONNELLEMENT UN CONTRAT AVEC KARL JURGEN, ENGAGEANT UAG KARSTEN, ET PARTICULIÈREMENT FAVORABLE À CETTE BANQUE.

JE NE VEUX RIEN SAVOIR DE CE CONTRAT !

43

ET ENCORE MOINS DE VOS QUELQUES JOURS. IL Y A LONGTEMPS QUE J'AURAIS DÛ SUIVRE LES AVIS DE STERLING ET LELAND ET VOUS VIRER DE MA BANQUE.

JE VERRAI AVEC MA FILLE CE QU'IL Y A LIEU DE FAIRE DE VOUS. VOUS NE FAITES PLUS PARTIE DE CET ÉTABLISSEMENT, SHERMAN !

TU RENTRES DÉJÀ DU BUREAU ? PAPA, TU... TOUT VA BIEN ?

PAPA, QUE SE PASSE-T-IL ?

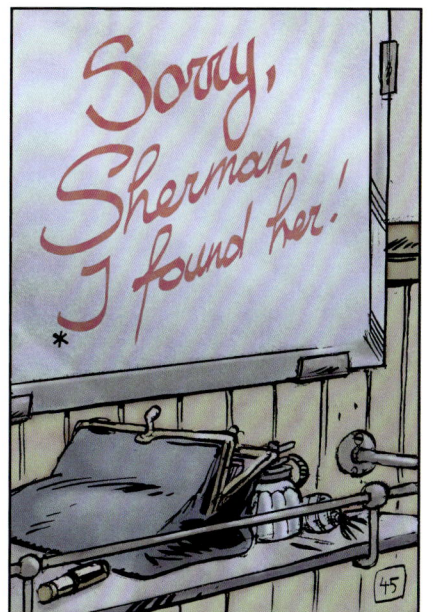

* PAS DE CHANCE, SHERMAN. JE L'AI TROUVÉE.

FIN DE LA DEUXIÈME PARTIE